MOLOHANO TSURUGI

FAKEぱあ

諸刃野つるぎ

文芸社

扉写真：『ビル解体工事現場　かにのつめ』 ©雨宮眞二／提供－ポンカラー

まえガキ

その昔　まだ俺がガキだった頃
王様にハダカだと叫んだ少年がいた

街中の誰もが　ハダカだと気づいているのに
街中の誰もが　ハダカだと口に出せずに
街中の誰もが　見て見ぬフリをしているその時

「土様はハダカだ」と叫んだ少年がいた
なんの事はナイ
偉そうなその王様は「ただのハダカだ」と叫んだ少年がいた

少年はそれ以来
醜い大人の世界を嫌い
胸にこみあげる怒りを詩＜うた＞にした

その少年の名前は
「諸刃野つるぎ」
そう
なにを隠そう
この俺

そいつが
すなわち　この俺

とどのつまり　このほんは
　　　　　　　　　　異口同音
ようするに　このほんは
　　　　　　　　　　以降同文

SET LIST

あどれす

見上げるコトもなく
見下ろすコトもない
そんな場所
日向でもなく
日陰でもない
そんな場所
逃げ続けていても
たどりつけるし
追い続けていても
たどりつける
だけど
勝ち続けていたら
そこには行けない
もちろん
負け続けていても
そこには行けない

見上げるコトもなく
見下ろすコトもない
そんな場所
日向でもなく
日陰でもない
そんな場所

限りなく自由に近く
どこまでも不自由な
パラダイス

俺は
ここに
住んでいる

ピッキング

開けたことのない扉を見つけては
そのナゾを解く鍵の　形を調べて
かたっぱしからこじ開ける
知るために
中には　なにも無くても
ただ知りたいためだけに
危険は承知さ
すべてを知ってしまったら
なにもかも解らなくなってしまうだろう
それでも　こじ開ける
かたっぱしからこじ開ける

なぜなら　とぼけたフリをするには
まだまだ知る必要があるからサ

博士と助手

知らない事が　いっぱいあるキミには
教える事がたくさんあるのだ

知ってる事が　いっぱいあるキミには
教わる事がたくさんあるのだ

両手に花の　我が輩は
博士であり助手でもあるのだ

たまに　実験に失敗して
爆発させちゃったりする
とっても危険な　毎日だけど

両手に花の　我が輩は
博士であり助手でもあるのだ！

ちゅうぶらりん

聞きすぎては　いけません
話しすぎては　なおいけない
愛さなくては　いけません
愛しすぎては　なおいけない

行けない　行けない　中心へ
行かない　行かない　中心へ

悲しすぎては　いけません
哀しくなくては　なおいけない
がんばらなくては　いけません
がんばりすぎては　なおいけない

行けない　行けない　中心へ
行かない　行かない　中心へ

感じて　かじって　ちゅうぶらりん
かじって　感じて　ちゅうぶらりん
ねんがらねんじゅう　ちゅうぶらりん

知ってるつもり

知らないようにしたいよね
知らない人は恐いから…

知ってるフリでいいんだね
知ってる人も恐いから…

アレのでかいヤツ

アレのでかいヤツ　今日もびんびん
アレのでかいヤツ　今日もばりばり
怒りの血潮で　膨らんだ
アレのでかいヤツ
社会の窓をブチ破る
アレのでかいヤツ

裏切られ裏通り　このとうりいきどうり

アレにくらベリャ
お茶の子さいさい
アレにくらベリャ
楽勝　楽勝

振り返れば　ギンギンにそびえ立つ
挫折という名の
でっかいイチモツ

暗黙の領海

霧でくもった
暗黙の領海を
無人の探偵機が旋回しているのは
積載オーバーのエゴを積んだ
密輸船を撃沈するためだと
オレのおじいちゃんが
ベロベロに酔っぱらった時に
コッソリと教えてくれた

気をつけて渡らないと
まちがいなくヤラレルぜ？
気をつけて通らないと
まちがいなく消されるぜ？

PS.ちなみにオレは
違うルートで
エゴを運ぶ

タウリン2001

泣いたり　叫んだり
走ったり　転んだり
汗だくだったり
びしょ濡れだったり
苦しんでるだけが
がんばってる事なら

楽しみ続けることだって
苦しいんだゼ？

怒素人（Featuring再生氏）

敬語のスラング
まき散らしてスカンク
決り事ならスランプ
さなぎみたいなスタンプ

斜に構えて真っ向勝負

オレの温暖化
もうちっと待ってんか？
シャレで水面下
飛んでみせたら急降下

わびさびのクリンチ
むせかえるよなロマンス
寒のもどりがジンクス
元も子も無いならゴング！

思想が違えば即撤収

オレの近代化
もうちっと待ってんか？
シャバで老朽化
胸の鼓動音質劣化

オレの民営化
あとちっと待ってんか？
依存の初七日
アブノーマルで正当化

違うものを半分個　同じものを一個ずつ

ボクには無いモノを
キミは持っている
キミには無いモノを
ボクは持っている
ふたりになれば　なんでも持ってる

ボクが持っているモノは
キミも持ってる
キミが持ってるモノは
ボクも持ってる
ふたりになれば　ひとつずつ持ってる

違うものを半分個　同じものを一個ずつ

違うようで　実は同じ事

違うものを半分個　同じものを一個ずつ
違うようで　実は同じ事

あなただって
いずれわかる時がくるかもしれない
同じ罪をくり返し
違う罰を受けたなら…

天使のワッカ　悪魔のシッポ

欲望の牙が
噛み切った
天使のワッカに
地獄へ向かう矢印を
張り付ければ

それは　悪魔のシッポ

神様が
踏みつぶした
悪魔のシッポを
丸くなった心に
重ね合わせたら

それが　天使のワッカ

I LOVED YOU

今は　天使だけど
君はむかし　悪魔だったんだって？
俺もむかし　天使だったヨ！
今は　悪魔だけど

ディパーチャー

いったい何泊したんだろう?
君の部屋に
いったいどれくらいいたんだろう?
この場所に
違うクニから来た僕に
君は　とっても優しくしてくれたよネ
スーツケースに「入りきらない痛みが」
鋭利なナイフになって
荷物検査で引っ掛かるだろうけど
そんな事は　どうでもいい

君が　見送りに来てくれただけで
夢の国へと戻って行く僕を
君が　見送りに来てくれただけで

現実という名の出発ロビーに…

瞬夏愁透

凍り付くような冬の朝も　君がいた夏
くしゃみが止まらない春の日も　君がいた夏
きんもくせいが切ない秋も　君がいた夏
今日も灰色の青空が広がる　君がいた…夏…

あとの祭り

どこかで　祭りばやしが聞こえる
僕は　何だかジッとしてられなくて
気がつけば　ワッショイ！　ワッショイ！
仲間たちが　素敵な笑顔で
神輿の上から　気分も上々
仲間たちは　素敵な笑顔で
祭り上げられ　気分は上々

だけど祭りは　終わる
そして花火も　消える
僕は　ペシャンコになった
祭りのあとに　踏みつぶされた
お面みたいに…
僕は　ペシャンコになった

薄れていく意識の中
どこからかまた　祭りばやしが聞こえる…

風化

風に吹かれ
何処かへ消えた
君のかたまり

風を切って
何処かを目指す
俺のかたまり

落ちバレ

落ちが見えてるぜ？
あんたの瞳から
落ちが見えてるぜ？
あんたの笑顔から
落ちがバレてるぜ？
あんたの話し方
落ちがバレてるぜ？
あんたの歩き方

カネが落ちてるぜ？
あんたのポケットから

007

おとなの着ぐるみを着て
社会に潜入しているだけだぜ？
気をつけろヨ？

中には　ワルガキが入ってる
おまえらには　とても手に終えない
生まれついてのワルガキが　中にはいってる

秘密兵器もワンサカ持ってる

完熟

その農園の　やたら彫りの深いおやじは俺にこういった…

「今は　おめえミックスチャーな時代よ！　だからヨ　ベースックなとこになーんかヨ
ちゃーんとすた物をヨ　持っていないとヨ　アット言う間にミックスジュースにされてヨ
時代に飲ーまれっちまうつう事ヨ!!」

「まーだわかんねーの？　ようするにヨ　赤く実るな！　蒼さを残せ！　っつう事ヨ！
熟しちまったらあとは　食われっちまうだけだヨ？　したら　おめえ　みーんな
なんつーかすってるか？　あらなかなかおいしかったワ　ごちそうさま。それで終わりヨ！」

「だからヨ！　奴等がまく農薬に負けるなっつーこと！

もう一度言うべ！

　　奴等がまく農薬に負けるなっつーことヨ!!」

恋愛鑑定団

キミの愛を　ひっくり返したり
裏がえしたりしてみる
うーん　どうやら良くできたニセモノ
オレから見れば良ーくできたニセモノ

イッヒッヒ

君が　笑ってる
心で感じたまま君が　笑ってる

僕も　笑ってる
君の笑い方に一番合った笑い方で僕も　笑ってる

そう君は　天使
僕は　ペテン師

一人前

先代の教えのとうり
殴って　蹴って　罵声をあびせ
一人前になったなら
先代の教えのとうり
殴って　蹴って　罵声をあびせ
一人前になったら
先代の教えのとうり
殴って　蹴って　罵声をあびせ

…のために…

努力したこと
忘れちまうのサ
痛みに変わる
その前に…
そこに居るのは
まちがいなく
シニカル野郎だ
笑い声に立ち寄り
泣き顔なら素通り
次へ行くんだ
そうさ　次へ行くんだ

傷ついたこと
忘れちまうのサ
痛みを感じる
その前で…

ここに居るのは
まちがいなく
シリガル野郎だ
楽しい予感は貪り
悲しい気配を振りきり

次に行くんだ
そうさ　次に行くんだ
次に行くんだ
そうさ　次に行くんだ
…のために…

あの日のオレマンのテーマ

姿カタチは　ふつうのオヤジ
でも　気をつけろ
リフジン攻撃　常識光線！
洗脳されたらヤツらの仲間だ！

フ　ザ　ケ　ル　ナ
フ　ザ　ケ　ル　ナ

今だ！　変身！
あの日のオレマン！
胸のハートは
形状記憶合金
やられたって　もとどうり
ボクらを守ってくれる

必殺！　あの日のオレとSAMEビーム！！
くらえ！　リベンジカッター！

ワ ス レ ル ナ
ワ ス レ ル ナ

オレマン！　オレマン！
あの日のオレマン!!
キミにも見える
オレマン！　オレマン！
あの日のオレマン!!

OUTLET

現実の世界から　落っこっちゃって
心のフチが　少し欠けているけど
オレには　素敵な仲間がたくさんいるんだ

見た目は綺麗だけど
一ケ所だけ汚れてるヤツ
大きくヒビがはいってるヤツ
どこもかしこもキズだらけのヤツ
わざと汚くしてるヤツ

既製品からはじかれた
オレ達は
世の中に何の役にも立たないことが大好き
それは
ギリギリというより
スレスレという感じ

今日もめくれあがった魂を陳列して
壊れそうで
壊れやしない

PRIDE

転ばぬ先の杖をへし折り
石橋を叩いて割って
寄らば大樹を蹴り倒し
絵に描いた餅を食いつくしたら

俺が　チャンピオン
まちがいなく
俺が　チャンピオン！

ウイイー！

卒業写真の行方

ＢＡＢＹ　もしもおまえが
あの頃の生き方を忘れ
ただ　汚れていくだけなら
ＢＡＢＹ　俺が遠くから　叱ってやる
ＢＡＢＹ　もしもおまえが
どうしようもなく
ただ　悲しい時
ＢＡＢＹ　俺が遠くから　笑わせてやる

だけどＢＡＢＹ
俺に会いたいなんて考えるなヨ？
どうせおまえは　俺を見て
何も言えなくなっちまうだろう

なぜならＢＡＢＹ
俺は　いまだに
卒業写真の面影が
そのままだからサ

始末書

「こだわり」を人質に取られたため
心に防弾チョッキを装備
説得は難航をきわめる
敵は6発　発砲
うち4発が　自身胸部に命中
やむなく応戦
3発を発射
うち1発が　敵心臓部に命中
ほぼ即死状態
正当防衛と判断しての　拳銃使用

走れ！　海馬！

行け！　行け！　海馬！
記憶を取りに！
ＧＯ！　ＧＯ！　海馬
若さを取りに！
行け！　行け！　海馬
夢を　取りに！

走れ！　走れ！
本命！　穴馬かきわけて！
走れ！　走れ！
伏兵が来る前に！

孤独の居場所

ひとりっきりなら　退屈
ひとりぼっちなら　孤独
ふたりっきりなら　完結
ふたりぼっちなら　また　孤独

α派：Bitter派

人に出会った時に　沸き上がる感情は
大きくわけて　ふたつある

ひとつは
　自分と違う種類の人間に出会った時の　安心感

もうひとつは
　自分と同じ種類の人間と出会った時の　緊張感だ

こども部屋

だれかがノックする
「いいかげんそこから出てきなさい！」
ボクは聞こえないフリして遊んでる

しばらくするとノックの音が大きくなった
今にもトビラが開けられそうだ
ボクは部屋中にあるガラクタで
必死にトビラを押さえ付けた
そして　覗き穴から外の様子を伺った
するとそこには　血相を変えた　たくさんの自分がトビラを叩いていた

ボクはまた　聞こえないフリして遊んでる

ボクはまだ　聞こえないフリして遊んでる

ちゃんとする前の人

ちゃんとする前の人は　素敵だな
だって　ちゃんと揺れてるから
ちゃんとする前の人は　美しいな
だって　ちゃんと感じてるから
ちゃんとする前のひとは　カッコいいな
だって　ちゃんとカッコ悪いから
ちゃんとする前の人のままで　ちゃんとした人になりたいな
できる事なら
ちゃんとする前の人のまま　ちゃんとした人になりたいな

ナイモノネダリ

けっしてなくしゃいけないよ
今よりもっと欲しくなるから
なくしたモノは探しちゃいけないよ
今よりもっといらなくなるから

ＦＡＫＥぱあ（Album version）

エクストララージのリスク
しあわせの荷物検査
グダグダでへのへのもへじ
さすらいのマイレージで
エコノミーなパラダイス

Nowadays・・
夢も希望も併殺打
No wonder
フォーマルは半ケツだ

Oh! Yeah!
かぶったキャラじゃハウリング
Way to go!
汚れた世界にゃノーリターン

審査員の顔ぶれ如何じゃ
満身創痍のあまのじゃく

コペルニクスの中古品
釣りすぎちゃキャッチ&リリース
ウダウダといろはにほへと
剥き出しのマイノリティは
マイナスイオンのバクテリア

Nowadays・・
愛と狂気の双生児
No wonder
ノーマルな変態だ

Oh!No!
マズッたオチがリバウンド
Not too good!
こなれたレシピじゃノーユーザー

審査員の顔ぶれ次第じゃ
満場一致であまのじゃく

ハートに非をつけて

オレのハートに非をつけて
オレのハートに火がついた
熱いぜ
熱いぜ
メラメラ燃える
メラメラ燃える
本気だぜ
本気だぜ

オマエのハートに非を放ち
オマエのハートに火がついた
熱いべ？
熱いべ？
メラメラ燃えてる
メラメラ燃えてる
放火だぜ
放火だぜ

非の用心

火の用心

やられたら
やりかえすのサ
やられなきゃ
やらないゼ

そんなもんだろ？
そんなもんだろ？

非の用心
火の用心

歌になったら
伝わらない
詩にしないと
伝わらない

そんなもんだべ？
そんなもんだべ？

大脱走

墓穴を掘ってできた
大きな穴をくぐってみたら
そこは
小さな世界の堀の外だった…

クーリングオフ

子宮の中から
地球を覗いて
イヤだったら
クーリングオフ
さしてくんないかな？

なあ？
父ちゃん　母ちゃん！

どうぶつ奇想天外

リストラ
トラウマ
ウマシカ
シカバネ
（合掌）

だうんろおど

君は今　崖っぷちに立っている
窮地にに追い込まれている
そう　目もくらむような断崖絶壁だ
いっそ　ここから飛び降りちゃえば
楽だろうと思っている

でも　考えてごらん？
いったいその崖には　どうやって登ったんだい？
登ることができたから　崖の上にいるんだろう？
下に降りてもいいが　飛び下りたらダメだ
登ってきた時のように　降りていかなきゃネ
そうさ　登ってきた時のように　降りていかなきゃ

なぜなら
その道の途中で見つけたモノが
財産というんだから…

ザ・リバーシブルマン

青い空と蒼い海の色で染めた
ジャンパーを着て　あの交差点を
スキップしてるのを見かけたら
それは　まちがいなくこの俺

だけど次の日

真っ黒い腹の色と真っ赤な嘘の色で染めた
ジャンパーを着て　あの交差点を
走り抜けるのを見かけたら
それも　まちがいなくこの俺

一張羅の俺のジャンパーは
リバーシブル
お気に入りの俺のジャンパーは
リバーシブル

表にもなるし裏にもなる
裏にもなるし表にもなる

無人くん

出会いのシーンとね
別れのシーンとのあいだにね
できた差額をね
できればね
ある時払いのね
催促なしでね
お願いしたいんスけど…

あいまいMe

僕はあいまい
いつもドンマイ
けどワカンナイ
君との問題

ずいぶん長いこと
僕らはふたり
激しかったような
ふんわりしたような
でも日毎に愛は小さくなって
日毎に思い出大きくなって

僕の恋愛
こんなもんだい
けどワカンナイ
僕の難題

勝手口

表の扉が　簡単に開いたら気をつけな
そいつはたいてい
表の扉に見せかけた裏のドアさ

そんな時は　裏から入ってみるのさ
少し難しいけど
通り抜けるには　ちょうどいい

なるようになれ

料理が好きなら　料理人になれや
笑いが好きなら　芸人になれや
リスクが好きなら　苦労人になれや
クスリが好きなら　廃人になれや
ウンコが好きなら　変人になれや
ノゾキが好きなら　隣人になれや
家庭が好きなら　凡人になれや
女が好きなら　悪人になれや
フラつくのが好きなら　詩人になれや
好きなものがないなら　犯人になれや

ＬＯＶＥ　ＧＲＡＮＤＰＲＩＸ

君があの頃　悩んでいた場所に
僕もどうやら　到着したようだ
多分今頃君も
あの頃僕が　悩んでいた場所に
そろそろ到着してるだろう
Ｄｏｎ’ｔ　Ｗｏｒｒｙ！
周回遅れなんて　誰もいないのサ！

ジェットラグ

時の風に吹かれて揺れている　僕の心
失したモノを　取りにいってる間
時はものすごい　いきおいで流れてく
戻ってきたら　持ってないモノが多すぎて
僕はあわてて　また旅じたく…

時差ボケのまま
旅から旅へ
思い出から現在までのジェットラグ
また心の裏側まで　飛んでいく…

後悔の花

自分のまいた種に
毎日せっせと水をやり
花が咲くまで
じっと待つナリ

もぬけのカラーはＢＬＵＥ…

追憶の乱反射で　ＢＬＵＥ…
眠れない夜の　なまけもの
ふしだらな流星が　また…ひとつ…

ぼんやりとしていれば　それは「自由」
ぼんやりとしていれば　それが「自由」

忘れてないな　おぼえてないけど
忘れてないな　おぼえてないけど…

同じ穴のムジーナ

ＡＨ！　ムジーナ
この広い世界で
君とめぐり合あえた事
なんて素敵なんだ！
なんて無敵なんだ！
　ＡＨ！　　ムジーナ

ＡＨ！　ムジーナ
この小さな世界で
君とめぐり合あえた事
なんて哀しいんだ！
なんて寂しいんだ！
　同じ穴のムジーナ！

かぞえうた　Out Sider MIX

連中と一線を画すため　ワザと二枚目の舌で舐められて
バレないように快楽三昧…
気ずけば四分五裂の瀬戸際で
ざらにいる　ロクデナシなら七転八倒！
だけど　九死に一生得るために　延長戦までもつれこみ
十回裏のデッドボールでサヨナラゲーム!!

クロス思考

イビツに歪んだマイナス思考？
Non Non Non

前向きでドピーカンなプラス思考？
Non Non Non

複雑に折りつづけるクロス思考だゼ

単純にひきづりながら

ノーメリット

今日もお前は
誰かを喰い殺すような目つきをして
ふてくされた態度で　何かに怒ってる
満たされない日々に　苛立ち続けて…

そんなお前を
いつの日か幸せにしてやりたいと願う
おだやかで安らかな日々へ
連れていってやりたいと願う

でも　なぜかきまってお前は
そんなトコロへは　絶対に行きたくないと言う

この目つきこそ　俺なんだと
洗ったばかりの髪を
グシャグシャにブロウしながら
鏡の中の　俺が言う

だーるまさんが　こーろんだ

鬼の居るこの世じゃ　動いているところを見られちゃいけない
神が居るあの世からは　なるべく目立たぬように
鬼にも　神にもならぬよう　自分の歩幅であるくのサ
ソローリ　ソロリと静かな足音

今日も

誰かのダルマさんが

転んだ…

とんとん

一点取られたら　一点取らせてもらうヨ
でもね一点取ったら　一点とらせてあげるんだ
二点取られたら　二点取らせてもらうヨ
でもね二点取ったら　二点取らせてあげるんだ

けっして勝ちはしないヨ
だけどけっして負けもしないヤ
引き分けに持ち込むんだ
同点で終わらせるのサ
なぜなら僕は　サバイバルレースには　ノーエントリー

解りやすく言えば　「とんとん」
引き分けじゃなく　「とんとん」

台風の目

嵐のまっただ中
それは　恐ろしいくらいの静寂
中心から少しズレれば
それは　恐ろしいくらいの強襲
すべて過ぎてしまえば
それは　恐ろしいくらいの郷愁

おとなのオモチャ

ずうーっとおとなをオモチャにして遊んでました

気がついたら　オモチャのおとなになってました

バックナンバー（ラブストーリーのポルノムービー）

オレの思い出は　スゴイよー
泣けるシーンがいっぱいあって！
スゴイよー　オレの思い出は
抜けるシーンもいっぱいあって！

Times

小銭を　ジャラジャラ…
小銭を　ジャラジャラ…
ポンコツが泊まるヨ

だから　安らかに眠れたヨ
だから　楽しく過ごせたヨ
減点　ハラハラ…
減点　ハラハラ…
ポンコツが停まるヨ

それでも　やさしくしてもらったヨ
それでも　たいせつにしてくれたヨ
素敵な時間を　ありがとネ
素敵な時間を　ありがとネ

小雨が　パラパラ…
小雨が　パラパラ…
ポンコツが　今…止まるヨ…
ポンコツは　今…止まるヨ…

E・T

中指を立てて
交信する俺たちは
地球外生物

オマエらには　わからない言葉で
こう言ってるのサ
「ＦＵＣＫ　ＯＦＦ‼」

最秋回

僕の正体はネ　実はキンモクセイから来た
宇宙人なんだ…

二番目に大事な話

あるところに
カッコ悪いモノや　照れ臭いモノは全部
自分の部屋の物置きに隠して
いつも悪ふざけばかりしているワルガキがいました

ある日のこと
たまたま通りかかった陽のあたる場所で
見た事もないような優しいカタチをした
ハートを拾いました
どこか懐かしさを感じたワルガキは
そのハートを持って帰ることにしました

それからというもの
毎日ピカピカに磨いたり
カタチが壊れないように
優しく抱きしめたり
それはそれは宝物のように

大切にしました
いつもハートと一緒のワルガキは
街へ出て悪ふざけをする事もなくなりました
悪い事よりも　良い事を進んでするようにもなりました
しかし　ワルガキはそんな優しく幸せな時間に
どこか窮屈さを感じていたのでした

やがて時は過ぎ…
ワルガキは　また昔のように
街へ出ては　悪ふざけをするようになりました
ハートの事は　ほったらかしで
ピカピカに磨く事も
大切に抱きしめる事もなくなっていました

ある時久しぶりに　ワルガキがハートの様子を見に行くと
ひび割れてホコリまみれのハートがグッタリと倒れていました
ワルガキは　あわててハートをもとのカタチにしようと
あの時のように　優しく抱きしめたり
ピカピカに磨いたり一生懸命ガンバリました

けれど　ハートは二度と元のような優しいカタチには戻りませんでした
ワルガキは　悩み苦しんだすえ
ハートを拾った　陽のあたるあの場所に返してあげることにしました
ハートは　しばらく寂しそうなカタチをして
ワルガキを見ていましたが
やがて元のとても優しいカタチに戻っていきました

うちひしがれ空っぽになった自分の部屋に帰ってきたワルガキは
部屋の隅の物置きに隠してあった
照れ臭いモノを　ひとつずつ取り出しながら
懐かしく眺めていました

するとワルガキは　突然　物凄い勢いでワーワーと泣き崩れました
それは　それは大きな声で　ワーワーと泣き続けました

その中には　あの優しいハートと
まったく同じカタチをした
ハートがキラキラと輝いていたのでした…

あるところに
カッコ悪いモノや　照れ臭いモノは全部
自分の部屋の物置きに隠して
いつも悪ふざけばかりしていた
ワルガキがいました…

イカシタあんちゃん

そりゃサ　誰だって
イイ家には　住みたいし
イイ車には　乗りたいし
イイ女なら　抱きたいし
イイもんも　たらふく食いたいけどサ

でもサ　イイ奴じゃ無いんなら
そんなもん
どうでもイイぜ
イイ奴でいれないなら
そんなもん

どうでもイイぜ

カニ

ボクは　カニ
昨日も今日も　そして明日も
ヨコに向かって歩く

長いモノに巻かれそうになったら
このハサミで　チョキチョキ
ちょんぎって
キライなモノも
くだらない縁も
このハサミで　チョキチョキ
ちょんぎって

まっすぐに並ばされても
誰かにむりやり　一番前にされても
タテには　歩けない

ボクは　カニ
昨日も今日も　そして明日も
ヨコにしか歩けない

ボクは　カニ
昨日も今日も　そして明日も
ヨコに向かって歩いてく

両手を広げて
ピースをしながら

あとガキ

ワルガキ　これからも　ワルアガキ

FAKE ぱあ

PRODUCED BY TSURUGI MOLOHANO
ALL LYRICS WRITTEN BY TSURUGI MOLOHANO
EXCEPT［まえガキ］INSPIRED BY Fairy Tale ［The Naked King］
VISUAL CONCEPT BY TSURUGI MOLOHANO

ART DIRECTION BY TSURUGI MOLOHANO

SPECIAL THANKS TO

TETSUJI ARIYOSHI(BUNGEISHA)
HIDEAKI TAKAHASHI(BUNGEISHA)
CHROME HEARTS, ROCK'N ROLL,
REVENGE MIND with OUTLET GUYS,
SHIN, Mr.H, EMI, MINA, GATA
AND
MISSING PIECES.

FAKE ぱあ

2002年6月15日　初版第1刷発行

著　者　諸刃野 つるぎ
発行者　瓜谷 綱延
発行所　株式会社 文芸社
〒160-0022　東京都新宿区新宿1-10-1
電話　03-5369-3060（編集）
03-5369-2299（販売）
振替　00190-8-728265

印刷所　東洋経済印刷株式会社

ISBN4-8355-3758-0 C0092